E.A.L. Highland
MID/UPPER

This edition published by Mantra Lingua Ltd,
Global House, 303 Ballards Lane, London N12 8NP, UK
www.mantralingua.com

Król kruków

koreańskie opowiadanie ludowe

The Crow King

A Korean Folk Story

by Lee Joo-Hye
Illustrated by Han Byung-Ho
Retold in English by Enebor Attard

Polish translation by Jolanta Starek-Corile

Dawno temu, w krainie kruków żył król, który sprawował krwawe rządy.
Porywał, kogo chciał i nikt nie śmiał mu się przeciwstawić.
Pewnego dnia, mężczyzna i kobieta wracali do domu, gdy nadleciał król kruków.
Jednym zamaszystym ruchem porwał kobietę i odleciał w stronę najwyższych
górskich szczytów, nie tkniętych stopą ludzką.

A long time ago, in the land of the crows, there lived a king who ruled with terror.
He would take anyone he liked and no-one could stop him.
One day, a man and woman were going home when the Crow King came.
In one giant swoop he grabbed the woman and flew away to the steep and
lofty peaks where no human had ever been.

Mężczyzna poprzysiągł, że odnajdzie kobietę, mimo że była to niebezpieczna
i ponura kraina, i że ledwo co widział przez białą mgłę.

The man swore that he would find the woman even though the land was rough
and gloomy, and he could barely see through the white mist.

Wspinał się coraz wyżej, aż dotarł do chaty, w której mieszkała stara i mądra kobieta.

„Nie zapuszczaj się dalej" – ostrzegła. „Niejeden już próbował".

Mężczyzna odparł, że się nie lękał, gdyż jego miłość była prawdziwa.

„Młody człowieku, odwaga doda ci sił" – odrzekła kobieta. „Będziesz musiał otworzyć dwanaście par drzwi, by ją odnaleźć, a przy każdym z nich będą obserwowały cię kruki oczekując twej śmierci! Pamiętaj, że bez względu na to, co się wydarzy, nawet zło ma swój koniec". Potem niosąc ciasteczka ryżowe z chaty, powiedziała – „Proszę, weź je. Przechytrzysz nimi kruki".

He climbed higher and higher until he came to a hut where a hermit lived.

"Go no further," she warned. "Many have tried before you."

The man said he was not frightened, for his love was true.

"Young man, you will need courage to be strong," the hermit said. "Twelve doors must you open to find her and at each door the crows watch, waiting to kill you! Remember, no matter what happens, even evil has an end." Then, bringing some rice cakes from her hut, she said, "Here, take these to trick the crows."

Wiatr wzmagał się coraz bardziej, a deszcz rozpadał się na dobre.
Było tak ciemno, że mężczyzna myślał, że niebo się zapadło.
Mężczyzna wspinał się krok za krokiem, aż ujrzał fortecę
z tuzinem drzwi oblężonych przez latające i rozwrzeszczane kruki,
które obserwowały tego niemądrego człowieka, jak lekceważył
zbliżające się niebezpieczeństwo.

The winds blew wilder, the rain fell harder. It was so dark that the man thought
the sky had fallen down. Step by step the man climbed until he saw the fortress
of a dozen doors with crows everywhere - flying, pecking, screeching,
watching - watching this foolish man ignore the danger ahead.

Przy pierwszych drzwiach mężczyzna pokazał krukom ryżowe ciasteczko i rzucił je daleko. Ptaki zignorowały go i pospieszyły w stronę ciastka, podczas gdy on cicho prześliznął się do drugich drzwi. Wielokrotnie to powtarzał i za każdym razem kruki nie zwracały na niego uwagi.

At the first door the man showed the crows one rice cake and flung it far away. The birds ignored him and rushed to the cake while the man quietly slipped through to the second door. He did this over and over again and each time the crows ignored him.

Otwierając dwunaste drzwi mężczyzna ujrzał dom pośrodku jeziora.
Zawołał kobietę, która szybko wybiegła i przytuliła go z radości.
„Spiesz się" – powiedziała – „Ten potwór niebawem powróci".

Opening the twelfth door the man saw a house in the middle of a lake.
He called to the woman who rushed out and hugged him with joy.
"Hurry," she said, "the monster Crow King will be back very soon."

Wewnątrz domu znaleźli duży miecz z rękojeścią w kształcie smoka i parę chodaków.
„Pospiesz się" – rzekła – „te rzeczy są jego własnością i musisz je zabrać".
Ale miecz okazał się za ciężki, a chodaki za duże. Napełniając dzbanek wodą z jeziora,
kobieta krzyknęła – „Wypij ten napój, a doda ci odwagi".

Inside was a huge sword with a dragon handle and a pair of shoes.
"Quick," she said, "these belong to the monster and you must take them."
But the sword was too heavy and the shoes were too big.
Filling a jug with water from the lake, the woman cried, "Drink this tonic,
it will give you courage."

Pomny przestrogi starej kobiety mężczyzna wypił gorzki napój.
Czuł jak potężnieje i staje się lżejszy. Nałożył chodaki, a jego nogi
z łatwością uniosły go do góry. Miecz, który podniósł, okazał się lekki
jak gałązka bambusa i poczuł, jak smocza odwaga wypełniła jego serce.
Nie bał się.

The man recalled what the hermit said and drank the bitter liquid.
He could feel himself growing bigger and lighter. He put on the shoes
and his feet danced and kicked with ease. The sword he lifted was
as light as a bamboo branch and he felt the spirit of the dragon
enter his heart.
He was not afraid.

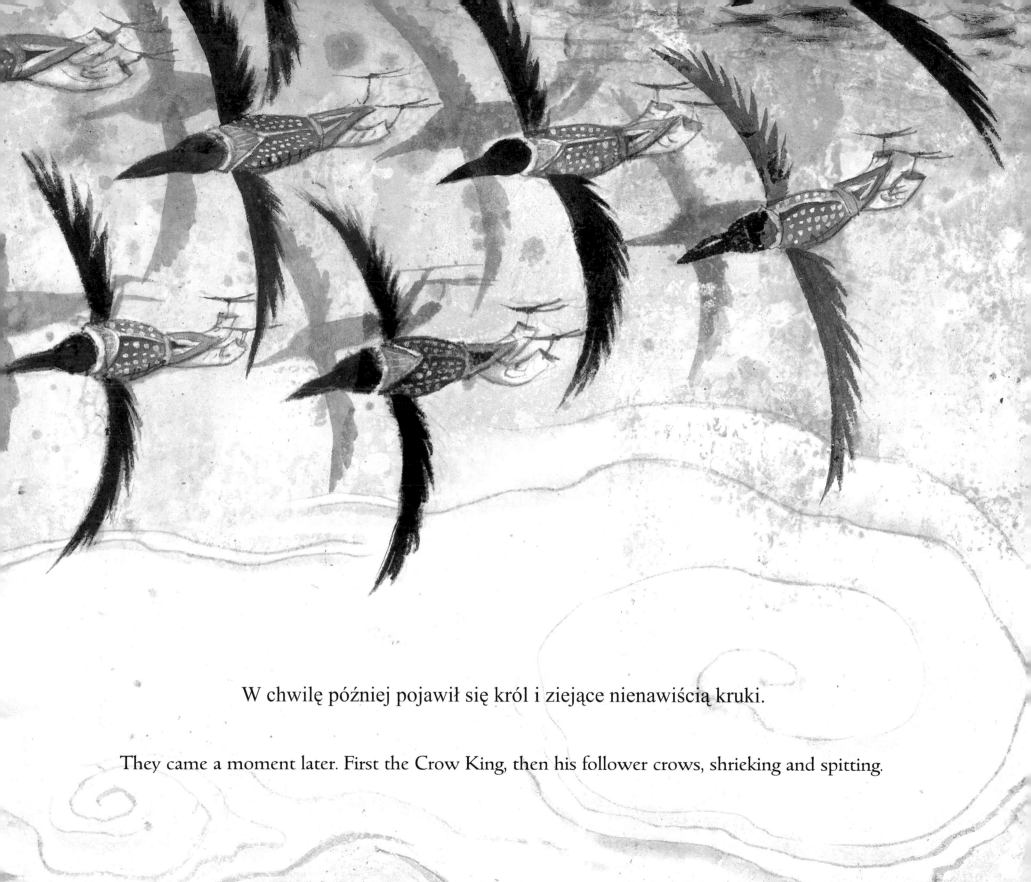

W chwilę później pojawił się król i ziejące nienawiścią kruki.

They came a moment later. First the Crow King, then his follower crows, shrieking and spitting.

„Więc sądzisz, że możesz mnie pokonać?" – zapytał król kruków, a jego oczy wypełniała złość. „Jesteś za mały i za słaby, by się tobą przejmować". I zwracając się do swoich poddanych, powiedział – „Zabijcie go".

"So, you think you can kill me, do you?" said the Crow King, his eyes wild with anger. "You are too small and weak to bother with." Turning to his followers, he said, "Crows, kill him."

Wojownicze kruki skoczyły w stronę mężczyzny, który dzielnie wywijał swoim mieczem.

The warrior crows hopped towards the man who swished his sword bravely.

Ku ich zdziwieniu mężczyzna walczył jak smok,
zabijając bezmiłosiernie każdego aż...

Then to their astonishment the man fought like a dragon,
killing them without mercy, until...

król kruków rzucił się na niego z kopią. Mężczyzna uskoczył w bok, by powstrzymać atak.

the Crow King charged at him with a lance. The man leapt to block the charge.

Odciął królowi lewe ramię, a potem prawe.
Ale ku jego zdziwieniu natychmiast odrosły.

He cut off the Crow King's left arm, then his right arm.
But to his amazement they grew back immediately.

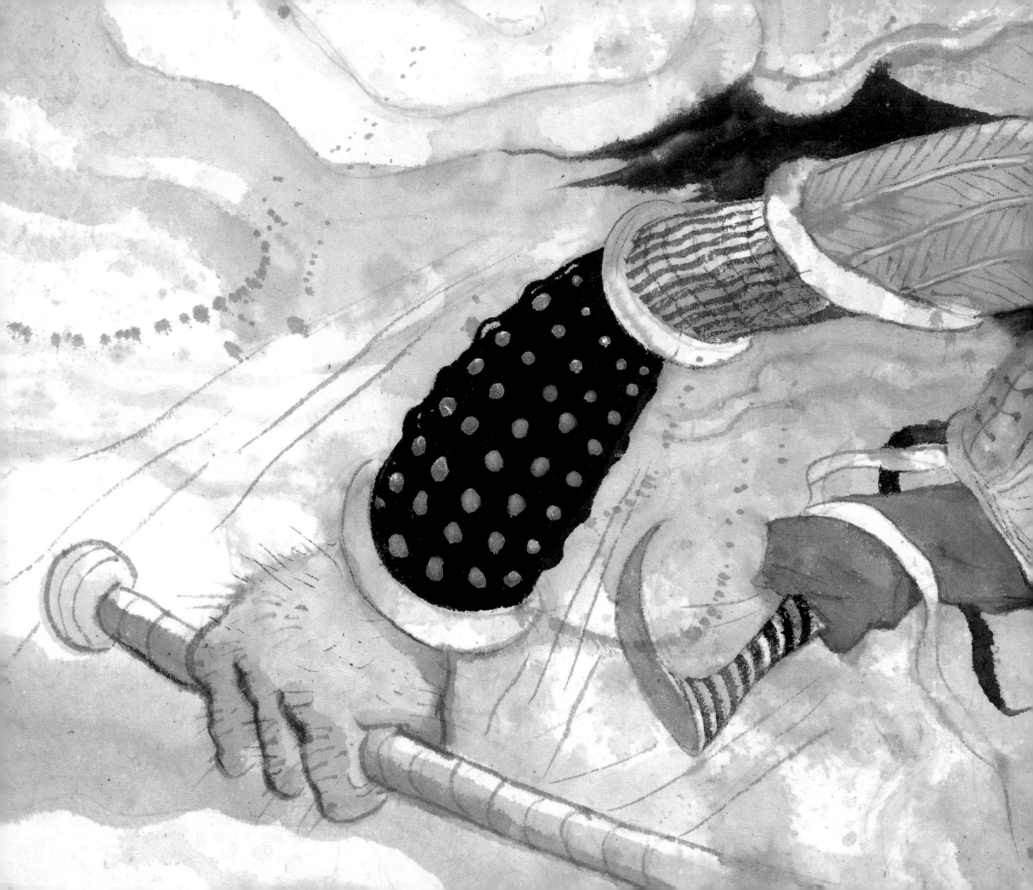

„Więc" – zanosił się król – „nadal sądzisz,
że jesteś w stanie mnie pokonać?"
Mężczyzna odciął jedno skrzydło,
ale kiedy wyrosło nowe zaczął tracić odwagę.

"So," bellowed the Crow King, "do you still think you can kill me?"
The man chopped off a wing but when it grew back again his courage began to fade.

"His head," shouted the woman, quickly gathering a basket of ash. "No new head can be so evil." And with a final swipe the man chopped off the Crow King's head. The other crows stopped clawing, they stopped shrieking. For once there was silence everywhere.

The man and woman gathered the sword and shoes. They filled the jug with more water and left the kingdom of crows, praying that a new gentler king would be found.

„Zetnij mu głowę" – krzyknęła kobieta, szybko zbierając popiół do kosza. „Nowa głowa nie może być aż tak okrutna".

I ostatnim zamachem mężczyzna odciął królowi głowę. Pozostałe kruki przestały skrzeczeć i rzucać się z pazurami. I nastała błoga cisza.

Mężczyzna z kobietą pozbierali miecz i chodaki, napełnili dzbanek wodą i opuścili królestwo kruków, modląc się o obranie nowego szlachetniejszego króla.